80年代
新诗经典

独白与对话

李元胜／著

西南师范大学出版社
国家一级出版社 全国百佳图书出版单位

图书在版编目（CIP）数据

独白与对话 / 李元胜著. -- 重庆 : 西南师范大学出版社，2017.8
ISBN 978-7-5621-8834-6

Ⅰ. ①独… Ⅱ. ①李… Ⅲ. ①诗集－中国－当代 Ⅳ. ①I227

中国版本图书馆CIP数据核字(2017)第164808号

独白与对话
DUBAI YU DUIHUA
李元胜 著

总 策 划：蒋登科 吕 杭
手 绘：李元胜
责任编辑：易晓艳
封面设计：闰江文化
版式设计：尚品视觉 CASTALY 周 娟 刘 玲 何欢欢
出版发行：西南师范大学出版社
地址：重庆市北碚区天生路2号
邮编：400715
网址：http://www.xscbs.com
印 刷：重庆紫石东南印务有限公司
开 本：889mm×1194mm 1/32
印 张：4.625
字 数：110千
版 次：2017年10月 第1版
印 次：2017年10月 第1次印刷
书 号：ISBN 978-7-5621-8834-6
定 价：38.00 元

目 MU LU 录

后记

附录

那幅画

那幅画挂在你的墙上
画里有一间小木屋
月亮停在头顶
有一些声音掉下来
你整日里端详那幅冷清的画

后来你不见了
要不就是到那幅画里去了
那间小木屋从此门窗紧闭
月亮还是停在头顶
仍有一些声音掉下来
几十年里我一直侧耳细听
你的脚步
在画里时远时近

1986.1

醉李白

出没于无数山水之间
骑白鹿的可爱流浪人
酒便是你的家

酒是一扇半开半闭的门
后面有什么等着你
你走进去便有了一段传奇

你在酒下面看月亮
月亮里传出的鸟叫遥远而清晰

你喝光长安的酒
醉倒的也只能是长安
而你清醒
清醒得难以忍受

想起水一样流过去的故人们
和你一样流浪的故人们
你的剑默默划过夜空

直到今天
还有月光掉下来

1986.1

致聂鲁达

你消失在这本厚厚的书里
像一场风暴
回到岩石里
一动不动

我一页页翻动你的表情
翻动死亡和远方

诗是你的居所
是你唯一的逃避和飞翔
每天
都在被时间的尘土覆盖
被它不断发现和遗忘

骨头里永远留着那年的雨声
往事隐隐作痛
你的脸是一幅暗室里的木刻肖像

你在里面一晃而过
只有迟疑的脚步像树叶
从书中滑落

1986

二胡

无数异国人
在这片月光上
倾听中国

颤栗的手指
压不住太多的叹息与幽怨
弦如两行清泪
从中国脸上
凄然流过
流得很美很美

夜里
我听见过一种声音
一些忧伤、一些愤怒
还有一些说不清的东西
总之让人难以平静

沿江两岸
思妇的砧声
屈原留在江面的长啸
从弦上静静流过
牵动
铺天盖地的秋叶

无数中国人
自弦上诞生
又回到弦上死亡

1986 Ⅰ

一条河

有过这样一条河
有一天，不可思议地
我看见它在我的头顶流着
转眼，又杳无踪迹

我翻遍了自己的所有裤袋
我敲着无聊的罐头
隔着铁皮，大河啊大河
沙丁鱼和我都有几分郁闷

许多年后
我仍搁浅在
喝得一干二净的酒杯里

1986.9

棋

是哪一只手调动了这一切
棋子们纷纷睁开了眼睛
黑的汹涌，白的喧嚣
陷阱连着陷阱
设防又设防的心
纵横的经纬
每一根都是绷紧的神经

是哪一只手调动了这一切
棋子们获得生命又失去生命
回到自己的寂寞里
棋盘依旧干干净净

| 1986.9.8

茶水

总有些什么
来提示你想起点什么
比如淋过你的那场雨
还在某人窗外淅淅沥沥
比如抽屉里逃走的那只蟋蟀
还躲在某个秋天
往事在静静的茶水下
轻轻一吹
就会露出三月的晴日
那些花不知不觉红了
太阳又在天上唱出些血来
我们像被什么撞了一下
空空的心中
突然充满某种奇异的钟声
从打翻的茶水里
整个季节的落叶重新浮起
我们简直来不及挣扎
就回到从前

1986.10.1

猿人头骨

有一些面孔
在世界之外飘动
是否有钟声
摇动它们周围的黑暗
像风摇动秋天

水草循着河的痕迹生长
却没有苇叶
渡你们回到河的这一边

你们的脸
风雨的木刻回到尘埃里
漫长遥远的时光
只偶尔，我在一段音乐里
看到它们露出水面

并没有落叶可以被留下
并没有影子不被遗弃
根还在泥土里
然而，并没有春天可以等待

只有隔世的树叶
仿佛你们的万千嘴唇
在时间的另一个段落里
无声歌唱

1986.11.3

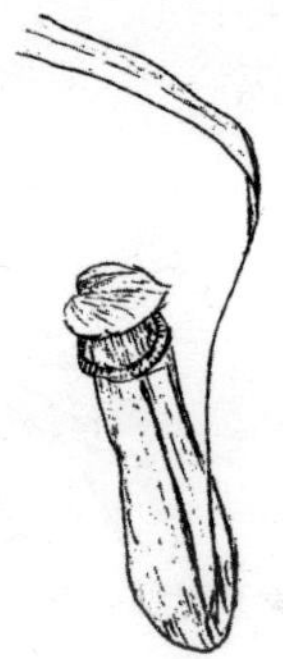

DUBAI YU DUIHUA

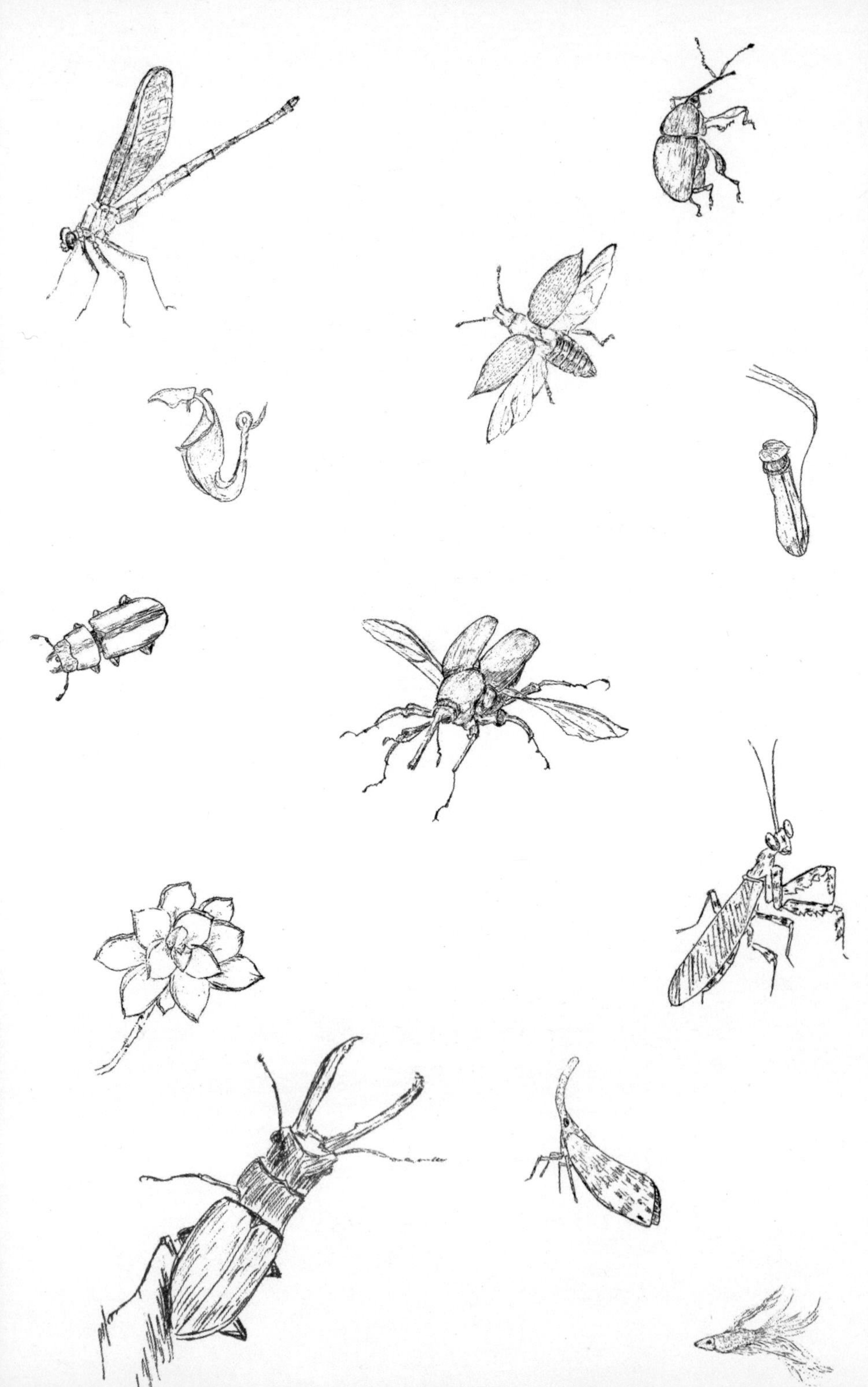

静夜

有时，我和世界隔着一层玻璃
有时，又像被握在谁的手中
有时，在墙的某条裂缝里
还好，总之很安全

生活夹在笔记本里
封面悄悄合上
风已不能进来
羽毛样轻柔的声音
也不能进来

在一页与另一页之间
已有了很多山水

百年落叶，还在缓缓下落
百年之树，还支撑着一幅巨画
年复一年，时光只不过
模仿着一道陈旧的伤口

1986.11.5

给

我坐在屋里
手却在大墙的外面
摸寻着这个秋天最后一片树叶

墙外的树
它沉默的时候很像我
它从树干里往外看的时候很像我

它几乎每分钟都在长树叶
我们在一起的时候它长树叶
我们不在一起的时候它也长树叶
但两种树叶绝不相同
这你不知道

你想我的时候它长树叶
没想我的时候它也长树叶
但两种树叶绝不相同
这就我知道

它几乎每分钟都在长树叶
然后把它想说的从树枝上掉下来
落在离我的手不远也不近的地方
就在你向这边走来的时候
那片树叶
落在离我的手不远也不近的地方

1986.11

有路的时候

有路的时候，我会一步一步踩着它走
怕腾空跳跃，怕落下来时
已经是另一条路

没有路的时候，我把手臂放在脚下
可以沿着自己的手臂走一走
可惜不能走得太远

小路让我踏实，而大路
有时像一个圈套
而且，还是不可随意扔掉的那种

1986.12

诗在静静地飞

我写了很多诗
我给它们装上左边的翅膀
再装上右边的翅膀
它们就飞了起来
但并不飞远
也不飞回我的肩头
它们在房间某个角落注视着我
我看不见它们
正如我看不见
很多已经完成的事物
过度写字的人
笔和稿纸消耗着他
一首又一首诗在消耗着他
直到他越来越轻
直到，在许多文字后面
有他拖着的翅膀

1987.1.2

影子

把影子从自己身上撕下来
扔在地上
从此它就被我拖着
跌跌撞撞经过了许多扇门
在长久的忽略之后
偶然地，我发现它
仍旧挂在我的脚跟上
保持着一种卑微的忠诚
那一刹那，我们彼此端详
两者之间并没有准确的界限
我突然有点胆怯——
会不会有这样一种可能
我其实是他的一个影子

| 1987.2.5

叙事

从前的雨水
离开泥土爬上枝头
成为一片片树叶
重新布满我们头上的天空

从前看过的云
还静静覆盖着心中某一部分
在我觉得冷的时候

从前的歌
在某个角落盘旋
我感到它
但唱不出声来

从前的事情
一群在窗外窃窃私语的麻雀
在我察觉它们的时候
轰然飞走

多么想遗忘
风却掀动从前的一切
满是我们的痕迹
在阳光下闪闪烁烁

1987.2.5

瓶

我们小小的生命
是插在这里的一束鲜花

四周是嗡嗡作响的泥土
回音
穿透黑暗
自遥远之处传来
我们的心
从此是一汪清水

枝叶静静浮上天空
天空的水彩画上
到处有水流过的痕迹

瓶口涂满月光
这是某个世界的边缘
我们看见从前的所有生命
仍旧
在时间的各个段落里
静静开放

| 1987.2.6

对话

当一个日子离开我们
我的抽屉里总会少点什么

在一个梦与另一个梦的连接处
有一块小小的石头

而你还未出现
我身上已有了被你划伤的痕迹

就像我的全部生活
是你在这世界上的一种投影

1987.2

墨梅

其实早有几枝梅花
在纸的深处开着

往事是一种墨
蘸上一点
眼前就会出现一树梅花
以熟悉的姿势
站在冬日最冷的风景里

想你就像想一场雪
缓缓落下的梅花
覆盖
心中远远近近的山水
那些年里
梅枝在溪水上空静静交叉
当有什么一阵波动
我知道
梅花就要开了

那些年里
我在许多地方想过你
现在
每一处都出现了热烈而沉默的梅花

1987.2.13

那一刻

那一刻会来吗
来了，会有风吗
有风，它会吹动你心中的河水吗

那一刻
被原谅的一切都会波光涟涟吗
世界仍然是美好的样子

然后并没有
并没有那一刻
你写道，我只是翻到你那首诗
注视良久
像注视一间没人居住的小屋

1987.7.1

我在街上看你们走过

我在街上看你们走过
阳光如尘
一张张陌生的脸
在空中飘来飘去
使人想起一曲合唱
我知道人人都会衰老
都会死去
生活还是让我久久着迷
仿佛身边开满看不见的花朵

我在街上看你们走过
就像看见
一只只斟满生命的杯子
那么多杯子在阳光下摇摇晃晃
是多么容易令人感动的奇迹
我忘记了回家的路
忘记了这是在哪一个城市里
就像一个孩子
因为突然得到意外的糖果
停止了哭泣

1987.7.6

逝去的岁月

逝去的岁月
是一座越来越远的城
没人知道那里是否仍有夹竹桃开放
我们永远无法拜访
但在夜深时分
在雪落之前的寂静里
逝去的亲人在那里走来走去
我们听见
这脚步安详一如生前

时光是一群看不见的鸟
它们躲躲闪闪飞着
一点一点啄食我们
每天都有死亡
悄悄发生在我们体内
逝去的岁月总是恍恍惚惚
如同一幅渐渐消失的木刻
我们甚至来不及欣赏

唯有我们的诗句留了下来
像脱离流水的卵石
沉静地留在沙岸上
这生命的花朵
大地暗处的伤口
记录着我们内心的一次次波动
比一个个城市更永恒

| 1987.7.17

道具

你熟悉我微笑的面孔
却不熟悉面孔后面的我
天天相逢
人人彬彬有礼
传递各种表情
像熟练使用某件道具
因此我们累了
头上落叶越来越多
生活的戏剧始终继续
而躺在床上
在短暂的幕间休息中
为了那一两处不够逼真的表演
我们还心悸不已

1987.8.18

歌

我想通过秋水
触摸你柔软的手
我想通过岩石
触摸你坚硬的手
我想通过季节
触摸你流动的手
我想通过声音
触摸你闪烁不定的手

在静止的天空
在起伏不定的木纹里
在每件事物的内部
有你的手
留下的痕迹
因此才有歌声
因此才有眼泪
在世界的各个角落静静流着

许多事情
意外地出现在我们面前
又意外地
被匆匆带走
像一本很久以前读过的小说
我感到你的手
在它们后面远远地闪动

1987.9.13

演奏

手指落下
触及体内的弦
这是一种交谈
流水一样抚弄生命

一片树叶
在窗外倾听着
这哑剧中的一个细节
忘记了自己
也是逃离死亡的
一次短暂而勇敢的飞翔

1987.9.13

DUBAI YU DUIHUA

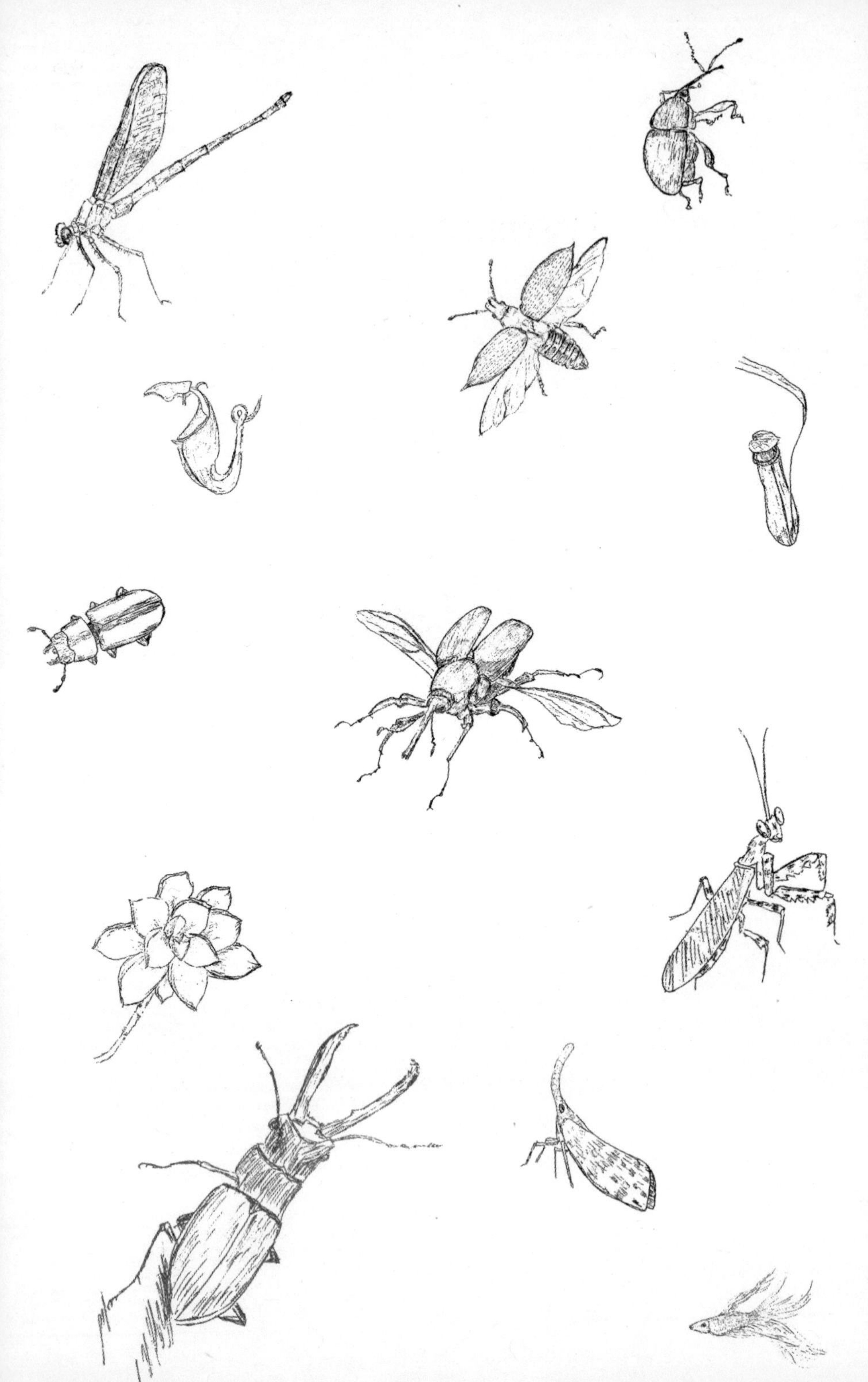

白地蓝彩纹盘

这时有谁说
冬天就快到了
扇子的翅膀早已悄悄叠起
窗外那动人的秋叶
眼看就要掉下来

他忧伤地抚摸手中的泥土
想着去年那枝秋叶
它们现在哪里去了

他不是诗人
他只会忧伤地
低头画一枝秋叶
一枝干干净净的秋叶
他甚至弄不清自己想留住什么

许多年后
秋天这小小心脏中央
一枝秋叶静美如画
它使我想起一个
没有留下名字的工匠
一个无缘认识的
亲切朋友

1987.10.1

夏季的短歌

许多翅膀停在空中
扇在手中一开一合
做飞翔的姿势

这样的傍晚
往事常常杂乱无章地席卷而来
令人心碎的细节
像风挟带的断枝
击打着我

我若是钟
一定铿锵而鸣了
而且这钟声
一定是这世界最温柔的一部分

那些带着我们体温的日子
早已渐渐飞远
而在夏季
在扇子的一开一合之间
它们又会悄悄回来

夏季里
生命像远远近近的山
清晰地出现在视野里

我心里充满了感激

1987.10.6

山顶上的房屋
或小动物的冬眠歌

冬天，隐居在山顶上的房屋
阳光这羞怯的客人
常常躲躲闪闪走进院子
生活就会温暖一些
允许诗句
把旧事串联成章

有时，风暴在山口挥舞头巾
这不能使我感到丝毫意外
无论阴晴
日子必须一点一点地过去
蜷着身子
并不理会窗外闪动着什么

落下来的雪
盖住出去的洞口
这仍然不能使我感到丝毫意外
日子必须一点点地过去
靠着墙
想点什么
或什么都不想
静静等着
季节带来新的大米和水果

1987.10.24 晨

彗星

一个小女孩
在天上跑着
拖着长长的好看的头发

妈妈在喊
别跑啊
孩子
头发还没洗完呢

一个小女孩
拖着长长的好看的头发
嘻嘻笑着
跑着

天上飞满了
她带来的亮晶晶的肥皂泡

1987.10.30

银河

很想用脚去踩一踩
这条河的深浅

它要流向哪里
那里也有城市吗
也有孩子
在想着它等着它吗

这条奇怪的河
看不见沙滩
在最安静的夜里
也听不见水波的声音

只有月亮这只贝壳
静静躺在河边

1987.10.30

瓷瓶

住在自己的习惯中
小心关上窗子
或步履匆匆，寻找出去的瓶口

把自己埋在隐约的花纹中
或在城市的角落闭目歌唱

千年后回到家门前
掏出钥匙，看见熟悉的鸟儿
还在屋檐下飞着
雪还在旧水罐里下着

各种方式
构成同一件脆弱的瓷瓶
在宇宙深处
熟睡如胎儿

1987.10.31

自高自大的人

自高自大的人
认为是他打了个喷嚏
天上才下起雨来

他甚至认为
这世界打呵欠
也是他打得最好

自高自大的人
他的自高自大
就像蜗牛的硬壳
他正闭着眼睛
把身体一点一点地缩进去

| 1987.11.5

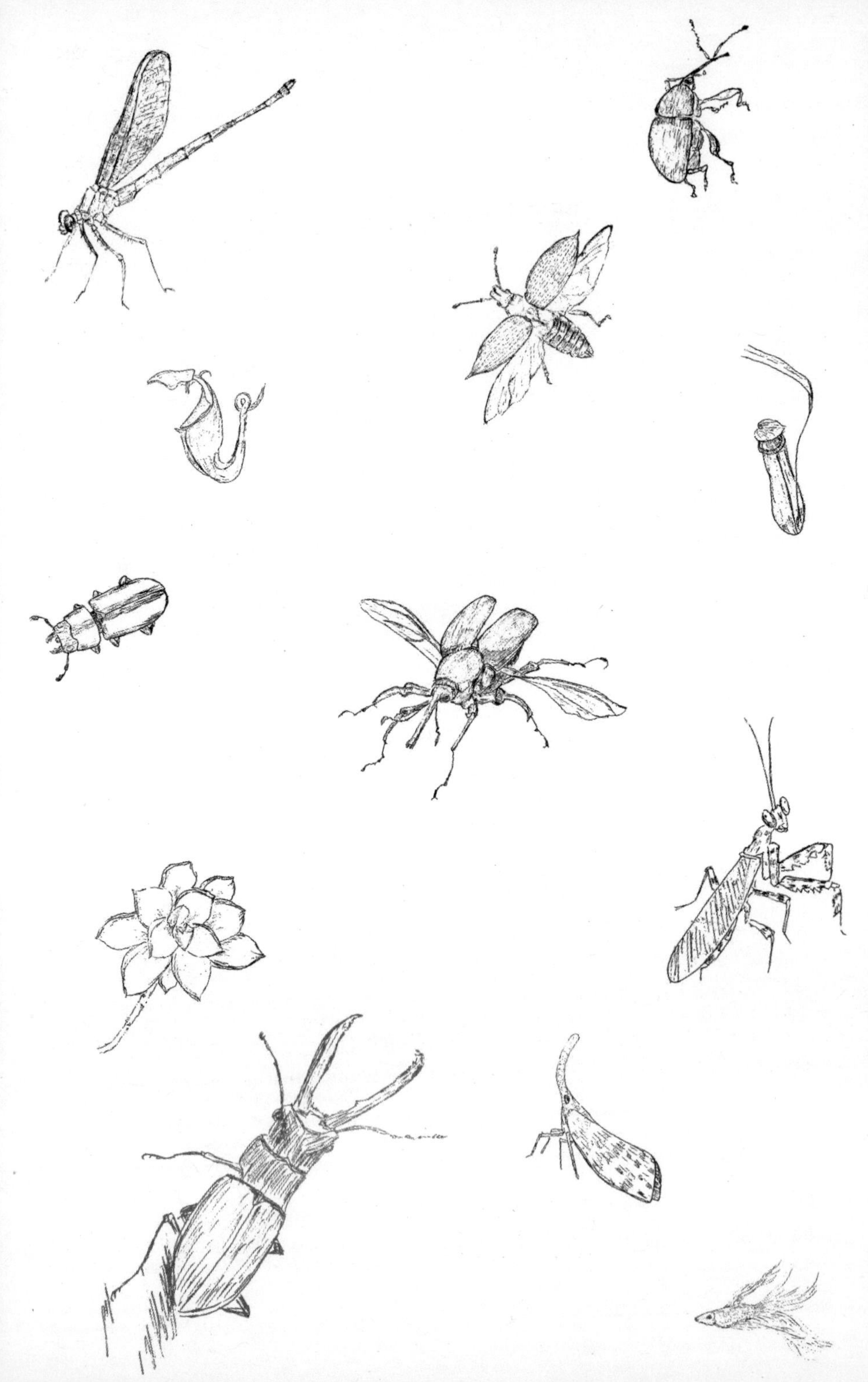

烟有一千种表情

和一些老练的人交谈
看他们如何灵巧地避开
不期而至的话，也算一门艺术
如果手里有烟
看上去就更加优雅

烟懒懒地升起
一道自自然然的屏风
开会时有人总喜欢坐在角落

烟也是一种试探，一种准备
是面临问题时不露痕迹的支吾
是掩饰，是有风度的缓兵之计

烟，也满不在乎地插在
女人和孩子的嘴里
就像一种口号，更多时候
他还是男人得心应手的道具

那年，我从乡下回来
低着头，清除鞋上的草叶
偶然仰起脸，我看见公共场合里
烟有一千种表情

1987.11.12

瞬间

水在栅栏外波动
你松开的手
再也抓不住那些斑斓的图案
回忆
就好像坐在熟悉的事件中央
被它的碎片包围
河面上涟漪转眼即逝
你坐在岸上
从前在河里流着
已经不再让你惊奇
许多白天
隐约在窗外的落叶堆里
园丁正专心查看冬青树上的虫子
报贩在风中晃过巷口
像一只笨拙的蝴蝶
每个人从老远的地方赶来

这世界
恰好有一个合适的座位等着他
正如夏天
穿过你的身体
消失在小道那一端
手里什么也不曾留下
你漫不经心地转动杯子
正努力恢复平静
桌上
痛哭后的诗句还有一点潮湿

1987.11.16

听笛

有谁轻轻喊我
转过身
便再不能回去

几片明亮的树叶
悠悠地
在夜的画框里飞着

手指真的碰到了什么
另一个城市里
有人泪流满面

| 1987.11.17

和文字打交道

文字
站满窗台的麻雀
看我们被不断砍伐
枝叶从身上落下
看我们在纸上越陷越深

文字
站满窗台
知道再没有热闹可看
便会一声不吭地飞走

1987.11.21

方式

下棋，落子的样子很轻松
笑容里有一口陷阱

补充一句话
抽掉前面的某些意思
我们多么爱这种小心的游戏

不同的人
在不同的事件中匆匆赶路
每张脸都足够我研究一生

站在郊外的桥上
办公室里的脚步声
一直传到我耳边

有人在上游栽进河里
我拉开抽屉
看到很多进口和出口

1987.11.30

乡居图

摸过的地方，长出麦子
邻居在窗外走动
平静的夏天，我一直想把棋子
落在合适的位置

傍晚，外乡人
在河上断断续续歌唱
从村口一闪而过
据说有个朋友正朝这边走来
我等着他，看看我的生活

邻居们聊天，玩味乡中大小事
我暗自寻找其中一个细节
就像给衣裳，寻找合适的补丁
少女走过，瓦罐中的清水
浸到诗歌的根部

午后的树上，孩子摸到青青的果子
父亲渐渐只剩下皱纹
还是熟悉的口音，我的篇什
终于成在节日的间歇里

又一年，许多人陆陆续续离开
我偶尔在旧稿里翻动他们
阳光使人温暖
青石桌上，他们前年的落子
至今令我颇费思量

太阳落到水缸上面时
据说有个朋友正朝这边过来
我拂去旧事上的落叶，等着他
篱笆稀疏的地方
不知不觉露出秋天

1987.12.5

民歌

民歌落脚之处
鸟声寂寂，季节歇在水上
祖先的坟地，年复一年
满山李花告诉你真实的姓氏

他们把船小心地放在河上
水在心中越涨越高
院坝里，女人守着摊开的高粱发呆
结实的红籽装满河水
在地上安静地等着，他们的回来就是节日

从孩子的口音里，听到去夏
祖先出现在熟悉的枝上
河上飘满果子，水的源头
藏在一个疯子的眼睛里

他们的回来就是节日
民歌绕村而流
后人们立于岸上
从各自门前，看见祖先温暖的躯体
在天空下远远晃动

1987.12.6

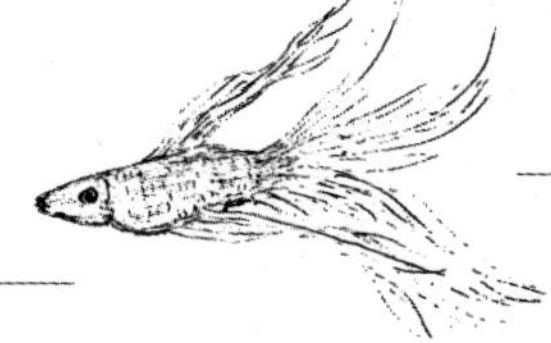

DUBAI YU DUIHUA

枯水

水退下去后，露出地名
河床勉强支持住流过去的时刻
是谁，背着柴禾吃力地走上河沿
带来散落在下游的消息

阴雨有时转移到山顶
风翻动屋顶的瓦
这个季节，又要吹走多少名字
好吧，我什么都不问
他们的面孔重新隐入土墙

你的眼睛格外暗淡
被某件小事的细节拂中
河水退去，露出从前一两个片段
这个时候，更多的人
眼里飞满干涩的芦花

河水退去
故去的人在树叶上坐着
你侧身走过，再也无法惊动他们

1987.12.12

春天

手插进泥土
感到一种难以承受的激动
在你房间的各个角落
春天的谷物放肆生长
只有这一刻
我们身体的栅栏四散飞去
春天，从来不仅仅是一次抚摸
一次机会
春天，意味着一次真正的打击
一次不大不小的死亡
一直平静的毁灭，如同爱情

1987.12.18

手指停留过的地方

许多事情
在烟雾缭绕中来来去去
台灯，照亮从前的一部分生活
愈端详愈陌生

手指停留过的地方
凌乱不堪
到处是碎石和树枝
时间的风暴从这里经过
吹散许多表情

在陌生的城市
带着一副残损的面容
台灯下，我的另一部分生命
仿佛一触即成灰烬

1987.12.29

每年都应该写一首
关于春天的诗

每年都应该写一首关于春天的诗
当玫瑰和太阳
如同钟声
响彻身体的每一个角落
记下我们的感激和羞愧
因为有过的迟疑
我们的双手
远未深入天地的歌唱中

应该写一首诗
从每件普通的事物中
揭露隐藏已久的光芒
当我们通过某些言辞
同古老的手无意相触
当四月的风把祖先吹过后裔的屋顶
我们又一次从坟前走过
不为哀悼
而是把它们握得更紧
我们已经明白了诚实的全部理由
我们活着就包含了
遥远的海岸和沙子

1987

岁首

一年又一年，深深浅浅
在唱针下迟滞地转动
一年又一年，反反复复
消失在人群后面
美好的事情
只在嘴里，留下一丝苦涩

一年又一年，朋友们隐隐约约
在一些地址后面
今夜，又有多少落叶
在人间漂泊不定

| 1988.1.1

给

太阳短暂停留在
1988 年这棵树上
从逐渐下沉的岁月深处
我们像一串水泡
缓慢地浮上来
我们是果子
短暂停留在 1988 年的枝头上

这一切是幸运或是不幸
你感到快乐吗
许多年后
1988 年会飘散无迹
哪一只手在等着
从残存的纸片上拾起我们
仔细看看吧
在一场被禁止的游戏里
我的面孔多么从容

1988.1.11

每首诗都是井口

每首诗都是井口
表情攀援其上
向下，可以看见
我年轻时的面容
如枯叶缓缓下落

每首诗都是井口
我抚摸文字
感到你身体中有相同的火焰
我们不约而同远离一些人
而和另一些人亲近

相隔无数朝代
无数山水
而在更深的地方
仿佛同一水系
我们脉脉相通

1988.1.19

下棋的人

摸摸棋子，也能过完一生，你信不信
可以守着一盘棋
春去冬来，不问窗外多少次雪满南山
直到不再年轻
慢慢陷落在愈来愈多的皱纹里

下棋的人，在城市的各个角落
进出局中，比方仰天长叹，点头微笑
握手，都是一步意味深长的棋
历史就是这样下出来的

总有些棋子
被看不见的手轻轻拈去
每个季节都有落叶，这就是逻辑
如此思量，你心安理得
脸上带着奇怪的伤感
棋的味道就在这里

下一个对手是谁
他的轻松，总让你难以轻松
春去冬来，咬着牙，你守着这样的棋局
再惊险的残局也要对付下去

月亮凄清，这盏灯，被谁安放在天角
照过多少棋局
自古，所有的棋子都落在同一盘棋里

1988.2.4

城市渔夫

从来钓不起鱼
可他就爱当渔夫
竖着钓竿，哪怕守着自来水管也成
关键是姿势是否正确
让他担惊受怕
这么多年了，坐着站着
他都笑得像一个渔夫
沙滩上也有了一把交椅
只是，鱼在哪里
他偶尔暗暗纳闷
渔夫，其实可能只是一件衣服
他小心地穿在身上
唉，一辈子就只能干这个
拍着熟人肩头
他说，又骄傲又感伤

1988.2.12

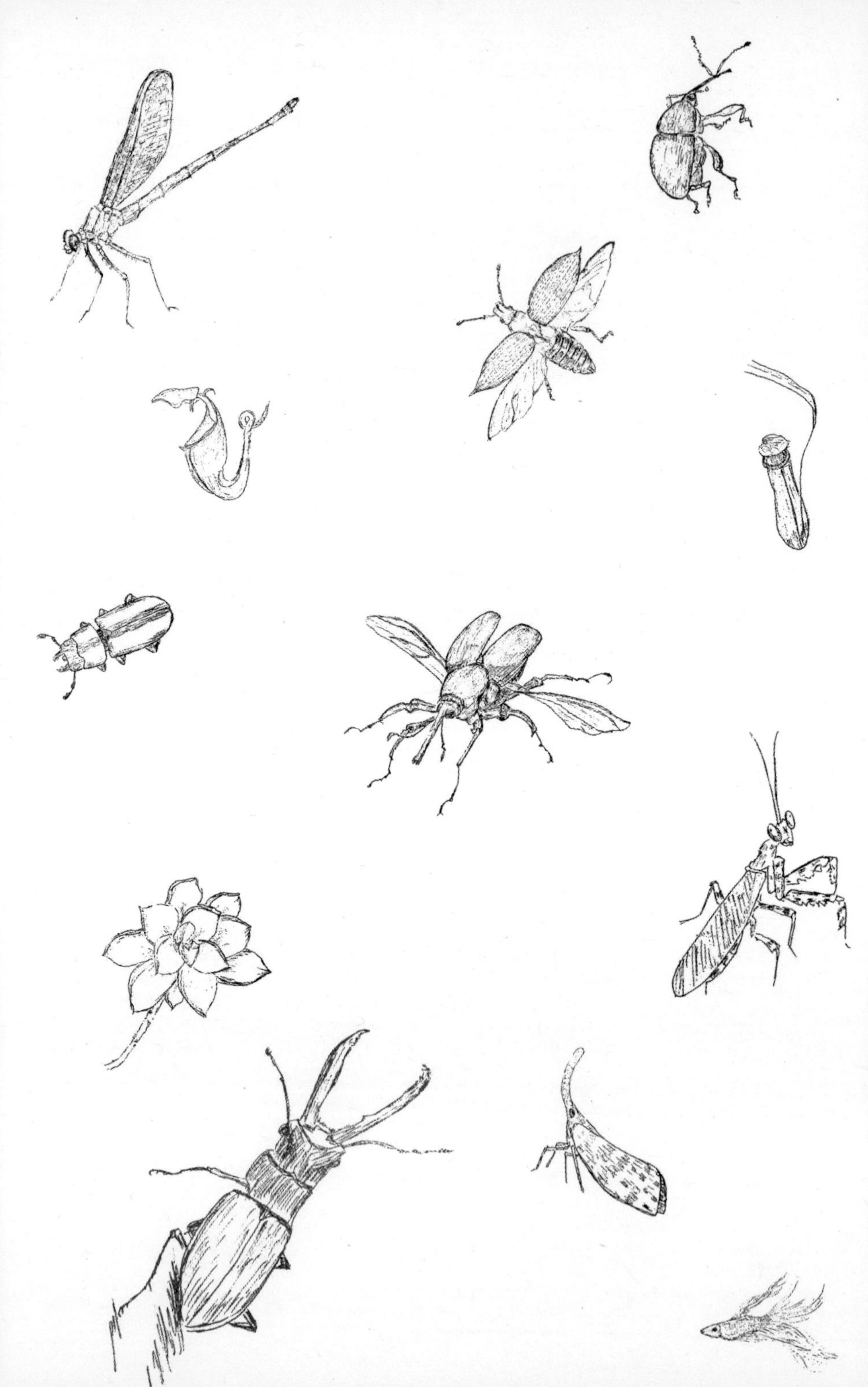

独居者

什么地方，有人挥动斧头
在砍着什么
声音一直传到你居住的城市

公共场合，你竭力保持平静
说话表达吞吞吐吐
空中布满了，你的弯弯曲曲

你是自己的囚徒
你赖在里面，假装自己没有钥匙
假装门口站着狡猾的狱警

你的眼里确实有一些伤痕
这不是所有人的过错
你唯一不恨的人
在遥远的房间里，正挥动斧头

1988.2.15

秋

许多名字，从烟斗中陆续飘走
最终枝头空空

年复一年，我在各种方言里
寻找另一个我
手指，落在另一个城市

我的经历
被一块石头阻挡过
至今仍有断续的隐痛

一切落在纸上
又一年，被文字固定
我们还在行走
继续想不起出生之地

1988.2.25

中国杂技

不要惊奇，事物
是无数把椅子
搭出的各种危险的平衡
语言，在脚下
布置一根细细的钢丝
通向含义

温顺地守着概念
把活生生的手指
套在冰冷的戒指里
那么，我宁愿选择
各种精致的姿势，在空中
哪怕仅仅依赖一种可能
如同依赖
一根极不可靠的竹竿

世界上，每件东西中
都有花朵
看不见，却清晰地存在着
我的工作
就是把它们一一取出来

1988.2.28

歌

夏天，已经移出这片树林
回到岸上
袖口依然恍若河道

日落景象出现在手上

过去了的，又在前面的路口
静静等候着
循环永无休止
那个夏季
隐藏在每个果实中

手指
提前感到远方的风雨
从一块石头内部
波动扩散到整个世界

| 1988.3.3

酒中

更远的地方，事情已有些麻木
去年春天的花朵却很近
一只只杯子，亲切地
靠在我们的唇边

和我们一起经受时间的冲击
面容依稀，时疏时密的方言
在大地上随处布置村落

愈加锋利，抚须的人
转眼间摸不到自己的袖子
叶子带着伤口
摇摇晃晃向南飞去，落在
我们手臂永远无法到达的地方

和我们一起，从事物的根部上升
又一次靠近去年春天的花朵
而水被留在下面，平静的倦容
仿佛保留着我们体温的衣裳

1988.3.8

给

几十年里，你从一张纸上飘过
没有超过什么，也没被什么挽留
你停留在平凡的枝头上
不知道自己就是全部奇迹

在世界磨破的地方，看到本质
你听见钟声，在果实深处
你从木头中取出火

唇上，有爱情压过的痕迹
人间令人疼爱的琐碎
这样的气候里，窗内外
你钟爱的一切正在死去
有没有可能留住它们
就像把园子里的那根上扬的枝条
使劲向下扳住

1988.4

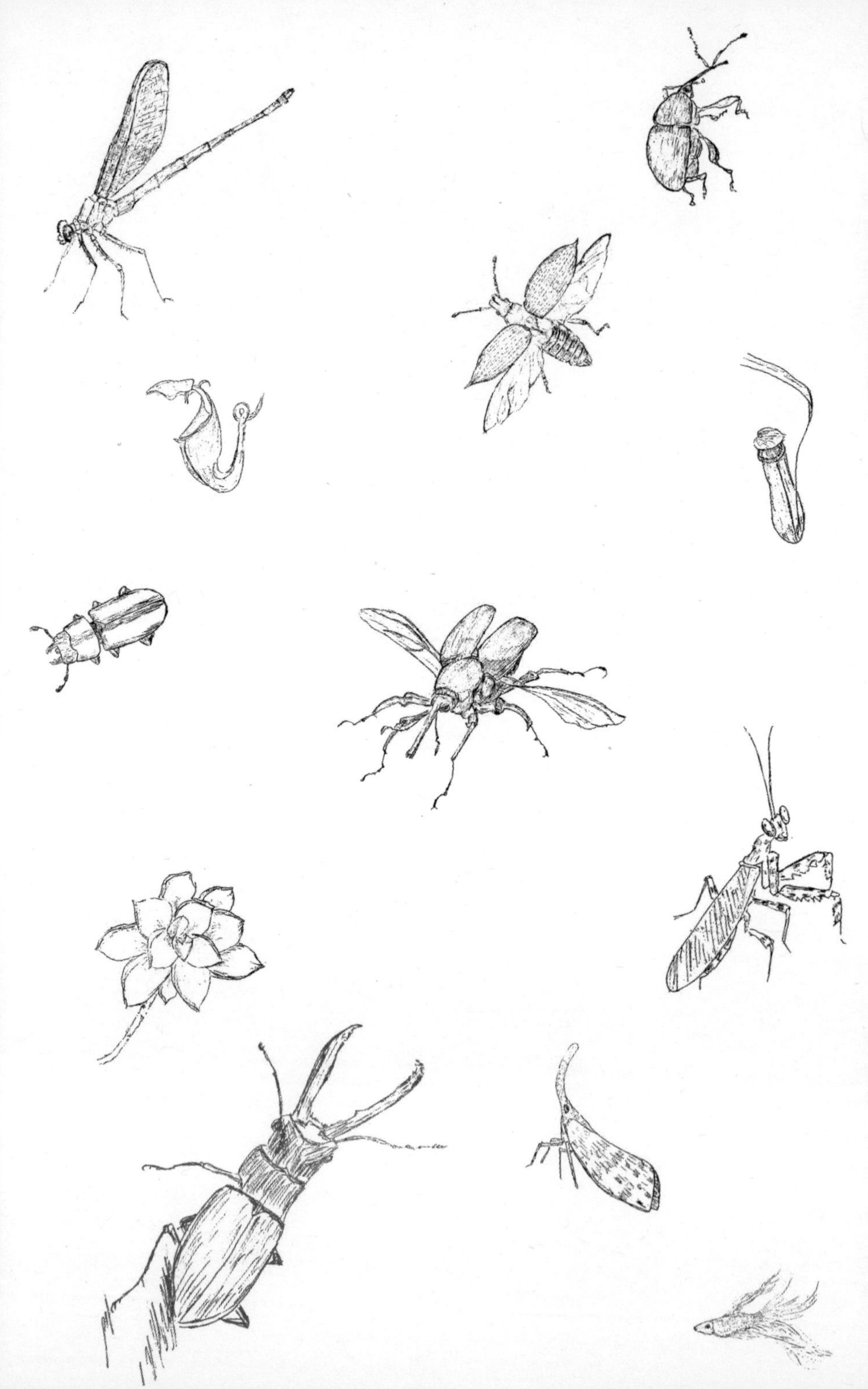

临水

小镇的根系，浸在水中
昨夜，又有木船划出城外

我在城里粗糙的枝干上
辨认出你的光泽
以及你在杯壁留下的痕迹
南方或北方，每一朵花都通向你

你无处不在，千变万化的表面
和时间有相同的纹路
你无拘无束地唱歌
不知道是否在河床上
但肯定，在一切制度之外

在秋天，所有生命犹疑不定
因为远离你
我会转眼之间遍地黄叶。

哦，水

1988.4

山中

落到你的身上，脚步很轻
总怕惊起什么

住在蝴蝶的翅膀上，你那么安闲
溪水牵着远近的村落
在树叶上，你脉络分明

你那么安闲
两三只水鸟在池边洗脚

你那么亲切，和我来自同一个源头
又出现在每一块石头里

没有什么能打搅你的内心
晚上倚栏看鸟归来
无数只手伸进树林

1988.4

一只手和另一只手

一只手在房间里洗牌
另一只手在街上发呆

一只手从床上
摸到这个世界的精彩之处
另一只手在人前躲躲闪闪

一只手在角落里生气
另一只手在桌上兴高采烈

一只手羞愧不安
另一只手装模作样

一只手大喊大叫
另一只手放在嘴唇上：嘘，别出声

一只手击中了什么
另一只手忍住痛，悄悄抽回

一只手彬彬有礼，伸出
然后尴尬地停在空中
另一只手在衣袋里暗暗得意

一只手在别人的门上犹豫
另一只手拉上了窗帘

1988.4.13

手的生活

接触过火焰与阴影
又抽身退出秋天
自己就是经验和道理
灯光下，不少事情深陷其间

学会过矜持
最终又厌倦自己的聪明
在人前躲躲闪闪
像一种果实，无枝可栖

在自己的纹路里查看天色
早年抽向他人的耳光
在万木中行走，越来越远

它敏感而又宽容
像我的一位朋友
但上面没有我的落脚之处

1988.5.11

室内的旅行

左心室里，有一个铜匠在远处击打
右边锁住了飞鸟

突如其来的，没有理由
仍然是季节的安排

鸟得到天空，鱼回到河流
那一刻，它们似乎都不在万物的掌握之中

听众在椅子上，茶在壶中
人类在书的影子里
过失在你身上
安排得如此巧妙，无可挑剔

1988.5.12

贝鲁特，1988 年

居民们习惯了子弹和苍蝇
几乎远离了表情，他们劳动、吃饭
然后像瓶子一样被打碎
而我们，分不清谁在向谁射击

这就是民族之间的互相抚摸
城市像布满灾难的画室
无数双手臂，最后一次在空中挥动
这种祈祷或抗议
在谈判桌上，是很微弱的
不至于妨碍比喻的优雅

生命微不足道，就像一种技巧
贝鲁特是一根细细的钢丝
居民们，继续表演吧
要是先生们厌烦了
他们尽可以换别的电视频道

1988.5.18

自己的看守者

他是自己的看守者
作为栅栏
四周布满了鸟、图案和镜子
他被放在想象的正中央

愤怒、敏感的五官
顺着木梯滑下
脸搁在办公桌上，远离自己
虚情假意的胡子
老练地遮住多年的创伤

记忆成了唯一的栖身之地
不断发生的事儿
仿佛是过于强烈的光线
他眯着眼
想着，现在应该扑灭
身体中的哪一处失火

| 1988.5.21

DUBAI YU DUIHUA

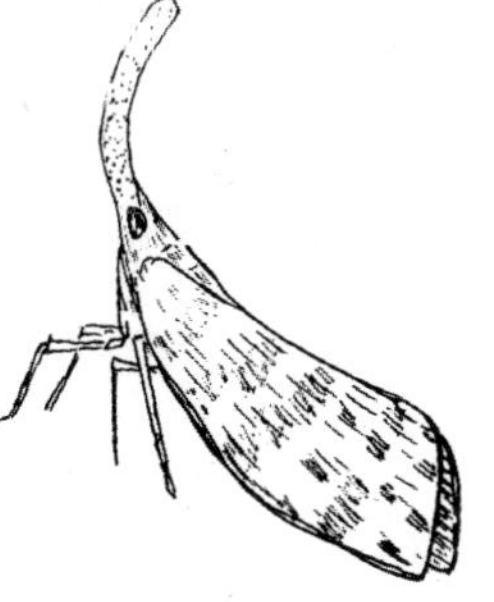

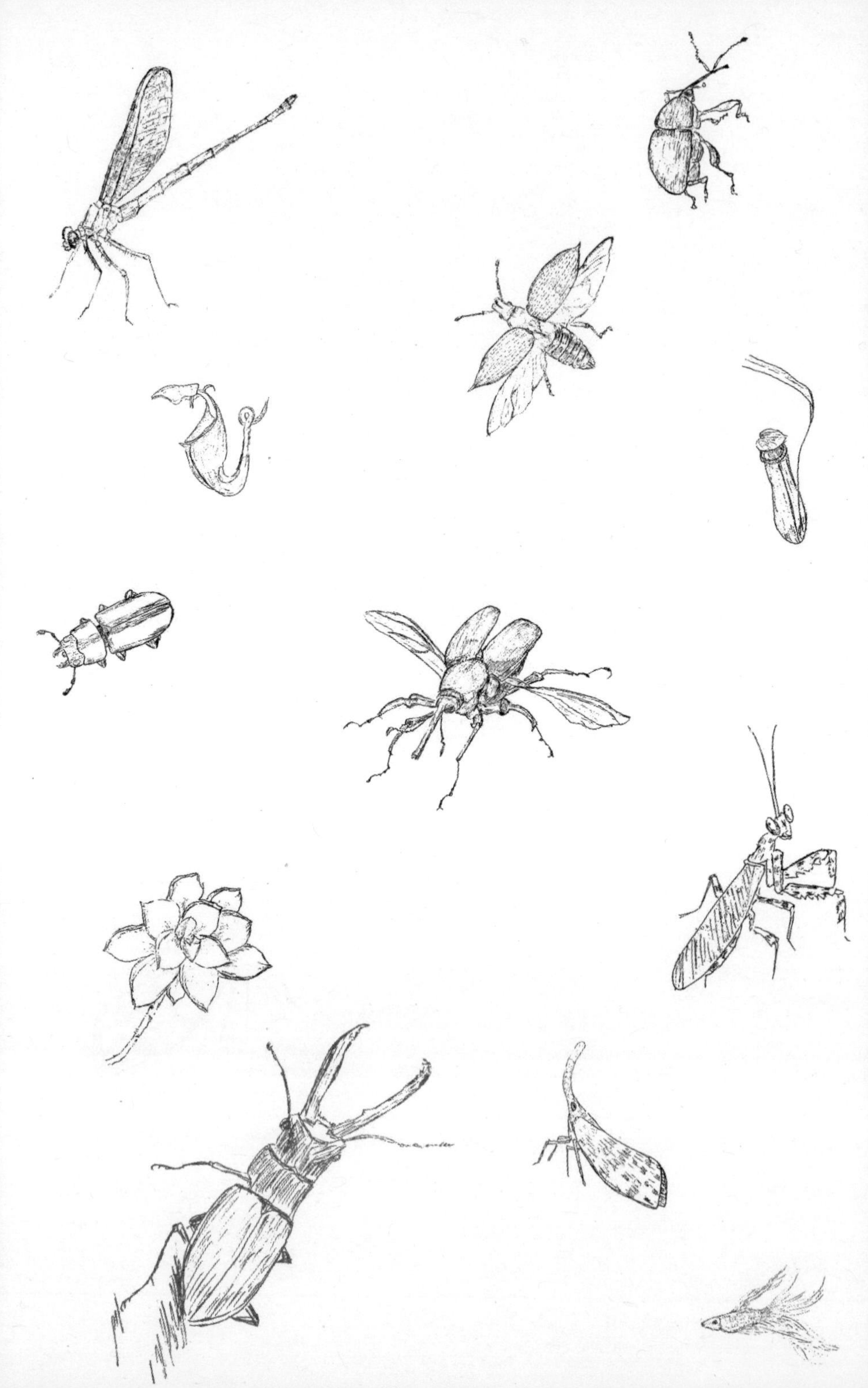

小诗

相处过的一切：梯子、朋友和气候
都已成为我的某一部分
或某一井口
接下来的秋天
不过是体内外菊花
的又一次相逢
是的，我没有什么会真正失去
包括已经松动的牙齿
和爱情

1988.5

怀念小麦

想起去夏，口里阵阵清香
逝去的亲人
走动在饱满的麦粒上
黑暗中牙齿闪烁
一排结实的名字，手指已不能惊动

它们在我心里生长，成熟
远远高过你们的想象
身体恰好把我遮住
麦粒中央，踩过之处很深
许多代人俯身向下
便忘记了手边的世上生活

庭院深处，摸到前世的姿容
我在麦粒中居住
呼吸起落，一盏忽明忽暗的灯
照在死者与生者之间
脉络不清的苦楚
临近麦收，才水落石出

想起去夏，已难以形容
爱人日渐消瘦
动作在风中摇晃，不能自禁
麦粒仿佛最后的骨头
阵阵清香，作为遗物

1988.6.28

病中

我的某一部分已经死去
移到别的世上，开花落叶
姓氏渐渐消瘦，影响到远亲们的气色
隔山的口音变浊

久远的心事散入天气
左右杯子的病容
习惯日益空虚
远不如新的举止
带来暗暗更改的景物

雪落进以后的几个星期
骑马的人，在身体中越跑越远
用其他方式与死者相会
夏天的手一只只递回来
谁抢在我之前，紧紧握住

病中想法单一
平时难以察觉的侧面露出光泽
清理从前，疾病由来已久
我起身在床边浇花、培土
动作小心
不知能否挽回早年的过失

1988.6.29

博氏抬头的一刹那

你是一只鸟
但不住在
自己的身体中

那些书积满灰尘
如同古人留下的
空空如也的房子
你小心地关好门窗

偶尔
从被忘却的名字下
伸出头来
像一只手
从衣袖里伸出来
摸摸外面的生活

窗外
牧师和狗都彬彬有礼
你皱着眉头适应着
就像在适应
自己的牙疼

1988.7.23

他们

第一个人抬头看树
有鸟，或者没有
其实他只是看自己的心情

第二个人把家安在妻子脸上

第三个人不管干什么
关节里总响着硬币的声音

第四个人一直准备哭泣
准备被感动，被安慰
他的手绢
就放在裤袋里

第五个人模仿某人的语气和手势
活下去的难题是
学不会他吐痰的动作

第六个人刚结束初恋
他只剩下一只手、一条腿和半边脑袋

第七个人成了上层人物
而且
从此以后他的鼻音很重

第八个人正和第九个人打架

第十个人躲在一张面具后面
直到他死
我们也没有见过他的脸

1988.8.22

南唐后主

那一年
他离开空气、故国和爱人
到纸上去生活

两只鸟落在地上
那一年是虚无的口袋
他喃喃自语的嘴唇
连着远去的白昼

他的眼睛被取走
换上诗歌
阴暗的翅膀

那一年
栏杆外面
女人们奔跑在自己宽大的衣袖之上

1988.9.3

小品

夜晚，有人在我身边修剪花枝
脚步轻巧
不曾把我惊醒
而早晨
我已经忘了他们的名字

熟悉的生活
仿佛一些遮蔽
我肯定忽略过
更为重要的东西
比如他们是谁
比如
他们以何种方式
影响到我的幸福

| 1988.11.1

DUBAI YU DUIHUA

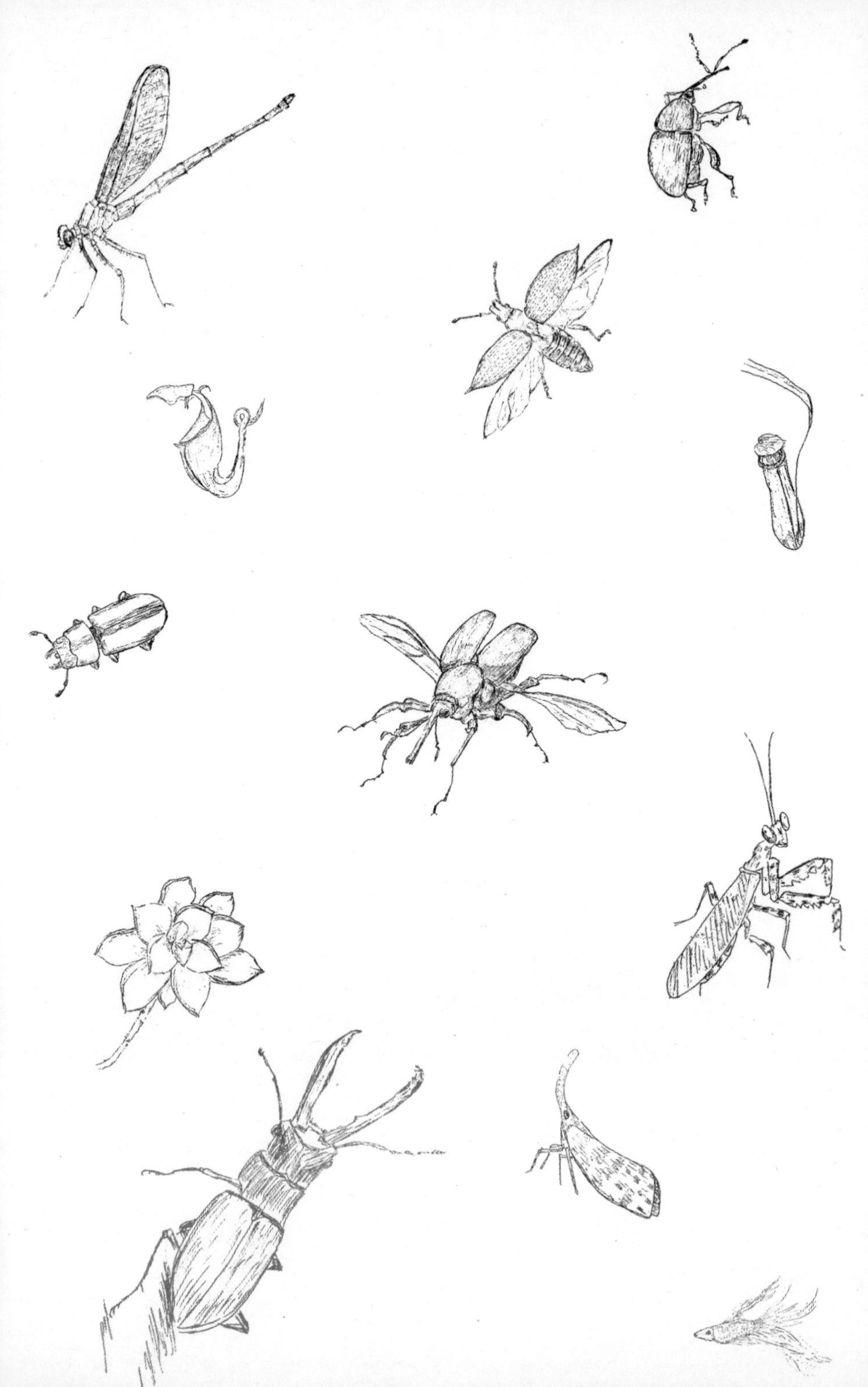

天气好起来的时候

11 月，一面时隐时现的镜子
我与自己默默对视
结束了夏天的疲倦和激情
我变得如此安静
口含一枝绿叶
代替了全部想说的话

也许，这才是真实
爱人在门外忙碌
打扫生活中的尘土
阳光，照着诗稿和她的背影

1988.11.13

解释

我喜爱下午的阳光
它明亮，温暖
像一只手搭在我的肩头

我感到快乐
理由却无从知晓

每件小事
都有一个可疑的去处
正如通过某根看不见的绳索
我们
同另一些梦幻紧紧相连

白天的缝隙里
有一群沉默的观众
看我们走动在
他们摸过的村庄里

我感到快乐
就在此时
在我身体的某一处
有人起身推开窗子

| 1988.11.22

我还是喜欢朴实的情感

我还是喜欢朴实的情感
像布匹和盐
从不开口
却帮助你度过整个冬天

许多人来往于棋盘之上
我远远看着他们
无论多么厌倦
我还是要说
这是一个值得怀念的时代

至少，在这个乡间的下午
当人们用平静的劳作
保护自己的庄稼和家庭
一个取水的少女走过空地
我听见
还有人为爱情在哭泣

1989.1.17

闲居

傍晚更加闲远
过去的事物
弥漫在风中和酒杯周围
但我什么也没说

隔着门槛
山色和我互相浸润
低头捉笔之时
多年不见的朋友
几乎碰到我的手指
我闭门不出

一点忧伤把我压住
如同镇纸
压住了就要被风吹走的稿笺

1989.1.23

春天的插枝

是一些很细的东西
连接了
过去、现在和即将出现的我
无论在现实中插得多么深
我还是感到
残缺的自己
带着所有纤巧
正从此刻的大地和天空面前
向上飘走
在接近着
另一个有相同伤口的我

1989.3.10

熟悉的木箱

我允许兄弟
把空木箱搬到阳光下
但要小心
不要碰伤了母亲
木板做成的身体

它们装过的东西很远
松散着
在房前屋后飘浮

这个夏天
她变得更轻
在一朵茶花上徘徊良久
脸几乎融进空气

她变得更轻
但这不是真正的贫穷

所以我允许兄弟
趁着好天气
把空木箱搬到阳光下

让她看着
我们也会把身上松动的钉子
仔细钉好

1989.3.14

酒意

守着这点儿骨头和菊花
瓶中的酒
里面有我的脉络

杯子里埋着若干年前的苹果
我从大道来
远处
一些隐隐约约的额头

守着桑树下面的疾病
灯与月
里面有我松散的四肢

把酒打翻
小看心事
嘴唇碰到
温暖的粮食的嘴唇

1989.3.18

惊奇

一些小事情
构成了活着的我
而从前的房屋和人群
已经在某种玻璃中间
现实正向那儿流去

我向所有活着的生物致敬
我停留之处
花朵、太阳
被河水冲歪的小船
都在平静地表达自己

我们深处有一种欢乐向上的东西
它使包围着生命的一切
永远令人惊奇

没有多余的日子
夜里我听见河上传来的歌声
不需要解释
我们都是月亮的一部分

| 1989.7.11

绘有人物的瓶

忘记玉米的人，河流和家
如今不在你们手中
指缝间，你们四处流失
那些完美的额头
退到花果深处
秋天，一切不过是柄刀
暗中挥过
百合带着伤口坠落

多年前的某场大雨
一块陈旧的玉，从某个朝代的阁楼上
压住了今天的生活

我用简单的花纹拥抱你们
用土的诚实哭泣
是谁的手
把我们像枯萎的花枝留在了这里

1989.8.3

小调

她们生活在某些湿润的月份
如同偶然停留的蝶类
握着时，动作要轻
春天远比瓷盘脆弱
她们甜蜜的身体太容易损坏

她们在村头汲水
无意中碰到我体内的金属
是什么彻夜长鸣，从古到今
我想起一些花的名字
结实而干净
被风吹走，还将一个个回到这里

那么纯洁，仿佛居住在
大地安详的反光中
完美的手指实实在在
这些珍贵的玉，含有太多的井水
难道仅仅是粘土把她们捏就

她们在花里松开
白天又与树叶相互融合
这些永不干涸的杯子
握着河的脉络，在麦垛上唱歌
背后是明亮如初的黄昏

大雨落进眼睛
这一切来得如此平静而深刻
我远远看着走在另一个遥远的年度里
浪游的人携着的是别样的快乐
如同蜗牛
带走的唯有自己的小小酒店

1989.8.4

写给友人的信

整个夏天，没读一本书
我学习文字以外的生活
对每一项技术专心致志

像草根和石块
在忍耐中感到实在
又像一只水鸟
在高处纹丝不动
屏住呼吸注视脚下的河面

然后才打开诗集
离别使我们多么亲近
文字变得新鲜、美妙
仿佛一点光亮
毫不费力就来到我的心里

1989.9.11

从日子断开的地方

从日子断开的地方，从渡口
从随手翻到的某一页
我还将悄然回来

碰翻的木桶
苹果带着香气滚落一地
秋天这突然出现的场面
令人终生回味

像一阵风，从屋顶吹过
经历的陈旧、亲切
不可能再次靠近
但哪一件不与我暗暗相连

我将打量那些遥远的窗
仿佛隔着一道土墙
蟋蟀在身后锯着草叶
声音和多年前一模一样

好像这些年什么也没发生
不曾有人歌唱
也不曾有人哭泣

| 1989.9.11

只有坚守过什么

只有坚守过什么
到秋天，才能感觉到自己的甘甜
在孩子和花朵面前问心无愧
不为流逝而惊慌
年轻，也会把苦楚酿成好酒

你是否尽心守护过美好的事物
像爱惜自己的手指
像对待爱情
这件伤心的瓷器
谁失手，谁就追悔终生

像是无意中深入一盘平淡的棋
看花的眼，偷偷抽出的手
无一不在局中
我们的智慧何曾使它改变了方向

1989.9.17

清人金农的枇杷图

这些美丽的果实是我的兄弟
挤破宣纸
好看的神情如今再难相遇
在枝上它们是空气，也是酒

坐在叶子中
他们用一罐甜蜜悼念自己
脆弱的肢体
难免被自己随手落下
光阴里
颜料或痛随处可见

兄弟，我们出生在哪里
走了多远
到达这些枝上
疾病的根源又在谁的手中

手指突然耀眼
我们是某个世纪点亮过的灯盏
秋天变空，因为一切正在流失
我们永难相见
只能在同一块玉中互相怀念

| 1989

站在清晨的大路边

站在清晨的大路边
我感到生命像会飞的云团
像无法安静的溪水
更像这条冬天里的大路
不管刮风下雨
它永远会穿过泥泞向前，再向前
它经过了鱼，经过了猿猴
经过了所有的帝王和奴隶
现在又来经过我们
它有着我们无法探求的方向
我算得了什么
那些伟人又算得了什么
生命只是穿过我们
向前，再向前
像这条一声不吭的大路
我们不过是大路上
转眼就要消融的点点白霜

1989

冬天里的交谈

我守了多年的白云和羊群
我歌唱已久的河流
如今它们
以什么方式擦着我的眼睛

有时我被吹着
远远飘离人类的头顶
是一些细小的东西
把我挽留在世上

一片由绿变黄的树叶
我得到的笨拙和深情
怎样代表了天地的全部运转

当我沉默，不再发问
许多日子
就仅仅在一些词之间度过

像怀念中的谷粒
真实、无知
把这一切铭记在心

| 1989.12.20

DUBAI YU DUIHUA

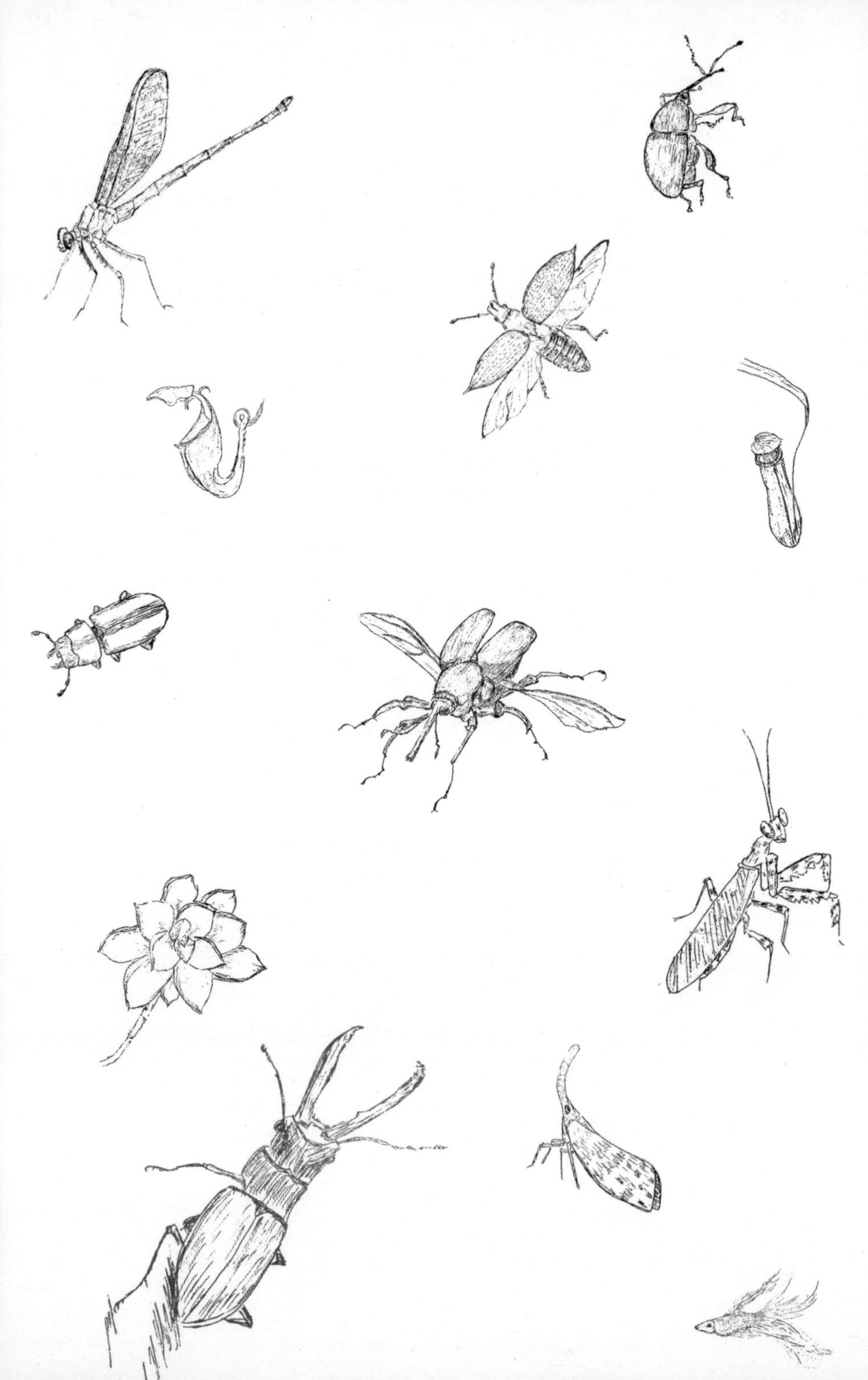

关于我的 80 年代诗歌写作

我是从 1981 年开始接触到现代诗歌的，那个时候我在重庆大学读书，记得是在图书馆，读到袁可嘉先生主编的系列书《外国现代派文学作品选读》，里面有里尔克的作品。其实在这之前也读到一些现代诗，没有留下很深刻的印象。里尔克的作品让我感到震撼，我第一次发现，寥寥几行，可以意味无穷，让人生出无限遐想。我把里尔克的几首诗都抄了下来。有好长一段时间，经常拿出来推敲。我喜欢上了这样的语言的魔术，或者说是幻术。

因为抄过，所以具体的句子都记得，没有抄译者的名字。后来我是凭记忆确认，我抄的版本是冯至译的。因为在《秋日》那首诗的结尾，冯译中保留了原诗的倒装："谁这时没有房屋，就不必建筑 / 谁这时孤独，就永远孤独 / 就醒着，读着，写着长信 / 在林荫道上来回 / 不安地游荡，当着落叶纷飞。"这或许不符合汉语的习惯，让我初读时印象深刻。多读后，觉得这样的倒装真是非常美妙，一个人喃喃自语的时候，看似说完，又漫不经心地补上一句。

于是我也情不自禁地模仿起来，开始写一点儿短小的诗歌。很多校园诗人，他们的创作高潮，甚至代表作，是在读书期间写成的。我刚好相反，我写诗的进展非常缓慢，1981 年开始写，写到 1983 年，写了 30 多首诗吧，也有零星发表。

真正的创作是离开大学以后，参加工作接触到社会，觉得在校园里写的诗歌，完全是一些模仿品，和自我的关联很小。我大学毕业那年二十岁，对社会、自我的充分认知，应该是从二十岁才开始的。从 1983 年到 1986 年，我感觉自己又读了一次大学。比较令人欣慰的是，这样的过程，经常是让校园诗人放弃写作的，而对我却刚好相反。更复杂的经验，激发了我写作的巨大兴趣。我也是从那时才开始慢慢理解了，几年前读的那些外国现代诗。

从 1986 年到 1989 年，这个阶段是我 80 年代写作的一个高潮，写的数量多，而且变化很快，逐渐形成了自己的一些诗歌路数。总的来说，这个阶段的写作以抒情诗为主，但是也有相当一部分诗歌具有强烈的反讽。后来，傅天琳老师和重庆出版社给了我一次出版机会，我把 80 年代写的 6 本诗集，选编成《李元胜诗选》出版。当时的我，很排斥自己诗歌的那种讥讽，所以，那类风格的诗没有选进去。其实，两种看似矛盾的写作路数，加在一起，才是平衡的真实的写作者自我。这个阶段之后，我的讥讽和抒情，才逐渐互相融合，经常统一在一首诗里。

收到蒋登科先生的出版邀约，这次有机会整理了一次三十多年前的旧作。我发现好多诗歌没有发表。其实当时发表的机会还是很多的，为什么会把它们搁置在抽屉里，而不去完成约稿呢？我已忘记了当时的原因。我想，多半是写作时和选稿时，有着很大的对自己作品认识的差异。

也正是这种差异，让我完全没有保留 1986 年以前的手稿和已发表的报刊。写作者在逐渐成熟以后，对自己早期作品总是有着羞愧和不满的。其实每个时期的写作，都有自己的特点。我在重读三十多年前的这些旧作时，发现那个时候的我，真是勇敢的写作者。出其不意地写到陌生的领域，出其不意的是用了陌生的写法。永远在尝试新的飞行。而写作经年以后，我们知道飞行的危险，多么容易蹈空。我们变得谨慎，也逐渐失去了勇敢。更重要的是，每个年龄阶段的独特经验，最适合也最有可能在那个阶段充分表达出来。

1986 年以前的手稿损失，和对这件事情的反思，给我一个有益的启发。那就是要像一个新手那样，敢于失败，敢于写出失败的诗，不能不去挑战陌生的困难。只有无所畏惧才能让自己有机会尝试新的飞行。

李元胜

2017.3.8 于溯源居

李元胜诗歌创作年表（诗集 22 部）

《校园草》（1981—1983）
《我和我的城市》（1984—1985）
《独白与对话》（1986—1991）
《他们》（1988）
《花剪与玫瑰》（1986—1990）
《另一个有相同伤口的我》（1987—1989）
《玻璃箱子》（1990）
《迟疑》（1991—1992）
《光与影》（1992—1993）
《树叶上的街道》（1994—1997）
《纸质的时间》（1998）
《重庆生活》（1998—1999）
《身体里泄露出来的光》（2000—2001）
《景象》（2002）
《尘埃之想》（2003—2005）
《因风寄意》（2007—2009）
《总有此时》（2010）
《无限事》（2011—2012）
《我想和你虚度时光》（2012—2014）
《命有繁花》（2015—2016）
《忘机之年》（2016）
《沙哑》（2016—2017）

李元胜诗集出版列表

《李元胜诗选》重庆出版社 1994 年出版

选自《独白与对话》《花剪与玫瑰》《另一个有相同伤口的我》《玻璃箱子》《迟疑》《光与影》

《重庆生活》重庆出版社 2003 年出版

选自《树叶上的街道》《纸质的时间》《重庆生活》《景象》

《无限事》重庆大学出版社 2012 年出版

选自《尘埃之想》《因风寄意》《总有此时》《无限事》及部分早期作品

《我想和你虚度时光》重庆大学出版社 2015 年出版

选自《我想和你虚度时光》及部分早期作品

《时光笔迹》重庆大学出版社 2017 年出版

跨界作品：诗歌主题手账

《独白与对话》西南师范大学出版社 2017 年出版

1986—1989 诗选

《纸质的时间》中国书籍出版社 2017 年出版

1990—2009 诗选